我笨拙地爱着这个世界

王计兵 著

江苏凤凰文艺出版社
JIANGSU PHOENIX LITERATURE AND ART PUBLISHING

果麦文化 出品

用笔记录生活

又到春天了
如果想念是一种植物
是像迎春一样开黄色的花
还是像柳枝抽嫩绿的芽？
如果春风里也有刀子
倒春寒是不是那个转身离开的背影？

这是我昨天写下的句子，也是我几十年来的一种习惯，像一种自言自语，又像和一个最亲近的人窃窃交谈。直到有一天，有朋友告诉我说，这就是诗歌，这让我兴奋不已，从此对这种方式更加喜爱，更加着迷。

多年以来，我把太多的希望
赋予过春天
现在我突然想让春天下一场大雪
让雪落地就化
想让春天站在泥泞里
像一个人裤脚高挽
如果那个人能一面指着炊烟

一面喊我的小名
我愿意放下所有的弹药
从此结束流浪，解甲归田

我已经五十三岁了，已经不年轻了。记得有谁说过，人过了中年就喜欢回忆。还真是这样，很多时候我也喜欢陷在回忆里，喜欢用笔让往事重新回来，拍我的肩膀，捏我的脸颊，喊我的乳名。

初中辍学之后很长一段时间，我深陷于一种迷茫，生活失去了方向。阅读像岸边垂下的一根根柳条，让泥足深陷的我找到了生命的拉手，并渐渐对春天开始着迷。一定程度上说，文学是我命里的恩人，是我最愿意亲近的人。

生活中我是一个寡言的人，不是说我对生活无话可说，恰恰相反，我对生活有太多的希望和寄托。有时我喜欢困在往事里，在往事里微微战栗，像风中的一株庄稼。四年前，我的父亲过世了；前年，我的母亲也过世了。每次回乡，心里的空地都在增加，总得种下点什么。心里的村庄在渐行渐远。如今的农村又过于年轻，我认识的人、熟悉的场景已经越来越少了。每次我都有一种冲动，都想大声呼喊：我回来了，我就是当年那个小孩。

我相信世界终究是美好的，也会呈现生活的另一面。就像一棵树的枝叶、枝条上的霜雪、叶片上的虫洞，都是一棵树所要承受的生命之重，但它从不重于生命的本身。一直以来，我固执地认为往事从未远离，只是在一个隐秘的地方，被一扇门锁着。写作正是那扇门的钥匙。三十年前，父亲一把火烧掉了我所有的手稿，那堆火苗却温暖了我此后所有的冬天。我用几十年的时间一点点体会父亲，学会放下一个男人的矜持，展开双臂拥抱世界，父亲却不在了。我又练习用童音喊娘，娘也不在了。

我是一个笨拙的人、执着的人。我笨拙地爱着这个世界，执着地用文字记录着生活。从年轻时就一直在写，现在五十多岁了，仍然一直在写，并且会一直写下去。我只是用笔记录我的生活。我希望若干年后，当我从世界上离开，有人指着我的墓碑对诗歌说：这个人曾经爱恋过你，用尽了一生的时光。

2022 年 11 月

目录

午夜推行人

如果不是这一抹蓝
在午夜的街道出现
我差点就信了夜晚
非黑即白的谎言
他俯身推车的姿势
多像一棵倔强的树
在风中不屈的样子
瘪了的轮胎和脖颈的热气
让他看上去
也像一份超时的订单

气温还在下降
还在把往日落叶往死里按
落叶归根其实是一种奢望
在落地之前
太多的落叶就远离了树林
午夜街头
一个外卖骑手的出现
让一抹天空，蓝得更加纯粹

月亮是天空的一处漏洞

所以夜从来都黑得不够彻底

母亲白了

大哥揭开黄表纸
让我看母亲的遗容
血色褪却的母亲
一改往常的褐色
白了，像一场大雪
覆盖了原野

失事

想让一张纸站立起来
就把纸折出棱角
太平整的纸
只会俯首帖耳
听命于笔
而站立起来的纸则不同

那年。我看见父亲
把一份未签字的合同
对折，再对折
对折成一架飞机
在天空盘旋半圈
一头撞在了好看的假山上

人过中年

一盘棋
至此
每一个落子
都可能
决定胜负
你开始缜密
一部戏
至此
每一个情节
都可能
决定悲喜
你陷入沉思
你的舞蹈跳在刀尖上
你的人生进入单行道
幸亏
你是动力

打工潮

每年春天
当农民工大面积撤出村庄
就像一篇文章被删去标点符号
所有情节都开始杂乱无章
那些白日的哭声，夜晚的泪水
以及抑扬顿挫的歌声或叹息
都失去了转折的依据
我一直无法描述这样的场景
在辽阔的大地上
工厂、车间、出租房
以及流水线上
到处都是散落的标点符号
等着被文字重新认领

打桩

月光温柔地罩着，罩着
在工地的上空突然停了下来
小风轻轻地吹拂，吹拂
在工地的边缘突然猛烈起来
打桩机还在哐哐，哐哐，哐哐
像夜的肺病

这样的夜晚适合一个民工
站在它的阴影部分
站成一根钉子

如果不是误拨了号码
我仍然不会知道
父亲夜里的咳嗽远比白天有力得多
仿佛是另一台打桩机
一下，一下，一下
把一个人，钉入黑夜的中心

春雨

雨水也会是汗水吗
自从我看见一个人
先是脱下头盔
然后脱外套
一趟趟来回跑过
五十米坡地
把外卖递给匝道上等待的司机
然后小雨就开始下
于是我相信
上帝也会有
精疲力竭的时候
当他和一个外卖小哥并肩坐在石台上
雨开始变得猛烈

野鱼馆

喝完了鱼汤
青瓷碗底文着的两条鱼
就显现了出来

我往空碗里又倒进了一点矿泉水
才起身付钱离开

写诗

黎明是尖的
它会慢慢扎破夜的黑气球
当你推开窗
啵一下，所有的黑碎片
就崩散了

笔是尖的，像一把匕首
却一直在耳边喋喋不休
企图说服一张纸

所有的钉子
不是死于尖锐
而是在漫长的等待中
被想念锈蚀

疼痛应该是完整的

咬住嘴唇
我可以接受
月亮像一枚药片
却无法接受
半枚月亮

医生说
这种药，药性很强
每次只能半片
可我的母亲
还是死了

被掰开的半枚药片
留在了床头
和半枚月亮
互为缺失的部分

我爱

五点半起床，零点休息
中间的过程我愿意忽略
就像你爱我，也生气
也争吵，也胡搅蛮缠
然后又回到爱的圆周上

我爱这周而复始的生活
也爱生活里的小悲伤
小欢喜，小意外
如果我们老了
就让我们像一对坏掉的钟表
突然停在了某个时刻
让这个时刻成为永恒

天空

当年，我们在城里的民工房
有一扇窄窗。夹在两座高楼的缝隙里
每天十点，阳光准时从窄窗外斜插进来
像剑一样。那时
我们不在屋里，我们在明亮的脚手架上
像一群鸟

一只鸟飞了，也就飞了
天空并不因此更加空旷
一些日子飞了，也就飞了
有的消失于遗忘，有的消失于无尽的怀想

谋杀者

我的村庄老了
不再像当初那样打闹，欢笑
而变得安静，落寞
在阳光下昏昏欲睡

偶尔开启又关闭的门窗
是她迟缓的心脏
告诉我，村庄还活着

我在山坡上来回行走
曲里曲折的小路像一条白绫
一头捆着村庄，一头被我牵着

我向村庄走去
小路变宽，白绫松弛
我向山上攀爬
白绫绷紧，小路细长
村庄呼吸困难
眩晕，被白绫吊着

而村庄里每年都有人
像我一样离开
翻过山岗
有的人再也没有回来

往事

为何我会反复提到钉子
我感觉的疼，深入骨髓
动一动都有金属的质感
如果回头

我还要承受分离的痛
那些旧时光的钉子
把我钉在了今生
有些注定会成为过往

来世遥远。我力所能及的是
把自己从现世的墙壁取下来
或者挂上去。而这一切
都和钉子有关

春天

那年离家
我曾顺手摘下了一枚
酸涩的青果。站在风中的母亲
一直没有说话

十多年了
花开明媚
落叶温暖大地
异乡的季节依然冷热分明

而我身体里的春天
拒绝了一枚青果的成熟

空心菜

曾经多么美好
田野浸润在薄雾中
一层一层包裹青春
我用一生等待，一次亲吻
生离也是死别
是谁早早摘取了我的心
却要我活出人间滋味

故乡碎了，我也就碎了

石头也可以波涛汹涌吗
在后山的北坡
我是一块涌动的石头
在汹涌的乱石之上

不是我非要用坚硬的口吻追问
爷爷说华树如盖，父亲说牛羊满山
可我只看见开山采石的人，车辆连着车辆
石头汹涌

时间拿走了的，从不归还
一座城堡已经漏洞百出
那些破碎的声音里，有我故乡的呻吟

我没有吃下碗里的第三块肥肉
母亲错误地估计了我的承受力

灰烬万岁

喜欢过绿叶、花朵
喜欢过枝干、根茎
时至今日
我对灰烬心怀敬意

生而为树
没有萎靡于漫长的腐败
没有用木耳或蘑菇
掩盖内心的不甘和惊慌

而是用轰轰烈烈地燃烧
向热爱过的大地表明态度

读书

我不会在某个情节停止阅读
比如一个拉车的人正在上坡
一个孩子还没有走进家门
一个女人正在风声鹤唳的郊外哭泣
此时不适合合书而卧

时光

我们总以为拥有大把的时光
实际上是时光拥有大把的我们
比如此刻
那么多骑手聚在一起等单
就像时光的手指上
落满了一群叽叽喳喳的燕子
等时光之手把我们握紧
几十年来，朝阳一直没变
有的人正值青春
而我已接近迟暮

屋檐下

我举着一根针
让铺天盖地的雨水穿过针眼
顺着针尖，细成一根人间的丝线
大雨里那么多破碎的事物
需要一根针
那么多农田
那么多房屋
如同童年被我撕破的衣衫
需要母亲的针线
轻轻一拉
就能缝合时代的裂缝

月亮

总感觉天上有两个人
一个不停地补
一个不停地挖
所以月亮才会不断地圆缺

总感觉月亮是善良的
柔弱的，女性的
所以才被
善也消磨。恶也消磨

像我的姨姥。死后
还要被两任亡夫的子女
争来抢去
骨灰各分一半

道别

每次和母亲道别
我都不再回头
就像刮过树梢的风
不肯回头
就像拐过小桥的流水
不肯回头

我不能把一场离别分成多次丢给母亲
不能让一棵落光叶子的树还在风中摇摆
不能让一个老人在冰冷的桥头多次滑倒

无题

我知道的很多小路
导航并不知道
每逢送餐，当我拐进捷径
导航就会陷入提醒
您已偏离路线，您已偏离路线
直到我再次进入导航范围
和导航统一

这多像一些真理
被少数人践行
总有一些不被认可的路
要自己去走

倒影

看这些柔软的水
是如何将这沉重的山
轻松倒吊的
像一位母亲，轻轻
提起婴孩的双脚
水也倒吊我，充满慈爱
让我在人间干干净净

夜行

我喜欢每一段
没有路灯的乡下小路
电瓶车灯照耀的光
像一种救赎
仿佛世界的开端
天地那么大
无尽的夜色包裹我
如同泥土包裹一颗种子
带给我强烈的责任感
愿人间
所有的黑暗都在与我对峙
每一线光明都和我有关

我是虚无的

我总感觉自己是虚无的
一些事物常常把我冲散
像一团浓烟
每次重新聚拢
都会少去一部分

我还遇到很多
和我一样的人
我们形成一场场大雾
在阳光之前等待
又在阳光之中消失

无用之用

每次经过收割的葵花地
总觉抬头不是，低头不是
左右也不是
收割向日葵的人
割去了葵花
留下一地无用的秸秆
这些秸秆
不再左顾右盼
仰望或低头
却依然活着
有风吹来
照样舞动阔大的叶子

每次经过
我都无法抵御内心
对这些密集断头后的恐惧
无法抵御对失去头颅
仍要保持站立不倒的恐惧

靠山

那时我虽小
父亲要想举起我
就要向上天
做出投降的动作
放下我
又要给大地鞠躬致歉
为了我
父亲一直在天地之间
卑躬屈膝
却要求我要腰杆挺直
要做就做一棵山峰上
挺拔的松
直到父亲不在了
我才突然懂得，这人间
再小的坟茔
都会高于地面
没有一座是无缘无故的山
任何一道悬崖
一道山坡

都会有

举起和放下孩子的父亲

菜市场

我很错愕！在活禽档
老板把我们挑拣的几只活鸡
分别用剪刀剪掉大脚趾、二脚趾、三脚趾
用于区别我们
如果买鸡的人再多一些
他会剪去另一条鸡脚的脚趾

现在，我们分别代表一只鸡
失去的脚趾。疼痛的部分
滴血的部分，残缺的部分
以及一只鸡生前
最后一声惨叫的余音部分

战争与寡妇

每一场战争
都会多出一些寡妇
我们村的伤兵
从战场回来
子弹贯穿了脸颊
留下的伤疤
像两个对称的酒窝
可每次谈及战争
他仍然怒目圆睁
双手握紧
只有谈到他的女人
他才会笑
才会让深陷的两腮
向内收缩
仿佛再一次被子弹贯穿

春光

我可不可以这样理解
太阳不制造光
而是所有的光创造了太阳
所有追逐着光的事物
都是艰苦的
都要经过黑夜漫长的煎熬

枝条默默返青
草地默默吐绿
这些默默的事物
在黑暗里摸索
默默构成了一个盛大的春天

我可不可以这样认为
是花朵成就了春天
而不是春天催开了花朵

菩萨

母亲的心里住着一个菩萨
有人受苦时，她会流泪
有人受难时，她会流泪
久而久之
我就误把母亲当成了菩萨
就把愿望许给了母亲
后来，我又看到
菩萨也会束手无策
菩萨一旦愁白了头
低眉顺眼的样子
也像一个许愿的人
也会跪下，给别的菩萨磕头

黑夜遇险记

一个人躲在一丛灌木后
在我必经之地的拐角
高举一块石头
迫使我紧急刹车
并从路边寻到半块砖头
慢慢靠近才发现
原来是一个石雕男孩
高举着一把吉他

黑夜的遮蔽性
让所有人形的物体
都变得朦胧不清
不可信任

时间的水分

我在房间里踱步
一个来回
马路上的外卖小哥
已经消失在了九号楼的拐角
时间被他拧出大约五百米的水分

一对母子
聚少离多
天伦拧去他们半生的水分
还有的人一出生
就能将另一个人
一生的奋斗
拧成一条奔腾的河流

春天

四单赔款，两单投诉
一单宽容蕴含着春天里的嫩芽
熟悉地形的骑手，都知道
导航的不可靠性
进入这个高度管理的小区
必须从北门绕行地下道
并熟知地下停车场对应的楼号
和密闭空间里
即将消失的手机信号
这个七单全超的年轻人
现在坐在地下道的出口处抽烟
像一根木头想把自己点燃
但他潮湿的眼睛
让他富含水分
所以只能发出滋滋的声音
作为过来人
我顺手拍了拍他的肩膀
就拍落他枝头，所有积雪

想

眉毛有点像
眼睛有点像
鼻子嘴巴也有点像
都不是十分像
我仔细地观察着自己
想把父亲
从镜子里喊出来
想让他起身
跟我回家

她的羊丢了

她到房前屋后找
到村头巷尾找
到田野沟渠找
最后
她去教堂的蒲团上找
她跪在那里
四肢着地
像一只羊

旱情

我不认识她
她在她的辣椒地里哭
辣椒耷拉下全部的叶子
像犯了大错的孩子
她哭得那么使劲

我可以叫她大婶子
四嫂子、二大娘
也可以叫她三麦家的
她们都有白得发苦的头发
像晴空中的白云
都有一嗓子嘹亮的哭腔
像胡同里的风

如果使劲
眼泪就能变成雨水
我愿意双手抱头
在路边蹲一会

病人

第四第五第六第七颈椎间盘突出
这是长期低头做人的后果
此后，我可以鼻孔朝天了
以医生的诊断为借口

即便在傲慢面前
即便有人说
瞧，那个病人

手机

草木都在肆意妄为
这些大地的孩子
无忧无虑地生长
任性地衰败，枯黄
却把萧瑟丢给了母亲

我在梦里辗转反侧
总想翻看黑夜的背面
比夜更黑的还有什么
可上弦月过于锋利
下弦月又太苦
过于接近垂泪的眼睛

自从父亲魂归天堂
这一弯月色便不再生锈
如同父亲磨过的镰刀
此前一茬一茬地割草
如今一下一下地割心
现在我写下的诗句

都被编辑成短信发送

一次一次去往天堂追问

随葬时，父亲的手机电量满格

此刻必然叮咚一声

像一盏灯，照亮墓穴漆黑的中心

转向

道路荡漾着车灯
车灯荡漾着夜
在这段陌生的小路上
我转向了
如同一个老友突然变脸
两个执拗的人各持己见
就有了背道而驰的方向
导航趁机一次次把我引入歧途
要我穿墙而过
对于一个四处碰壁的人
深知穿墙术的不可靠性
因此我选择了绕行
并为即将超时的订单
制定自圆其说的解说词

比喻

年代久远
当年的乱坟岗已被草坪覆盖
一朵不知名的小花
独自开放在众草之上
它摇摆，众草跟着它摇摆
仿佛一个领舞者
我把这个比喻说给父亲

父亲说，不
那是一个孩子
饿死之后
被她妈妈跪着举过头顶

指纹锁

每次回家
都要验证指纹
让我感觉到每次都像
签字画押
都要屈从于现代默认的条款
尽管我的腰间
还挂着原来的钥匙
还保持着进门前
抚摸环扣的习惯

从未想过与生俱来的纹路
会形成一把锁
锁住一个人的一生
可我也无法保证
每次回来的我
都完整无损

陶罐

我理解的陶罐
不是美人怀抱于胸前的器皿
不是一幅画
勾魂摄魄的意境
我理解的陶罐
需要有雨水穿过房屋的漏洞
需要父亲在雨中整理
屋檐的稻草
需要母亲仰起脸来
替接漏的罐子喊出叮咚之音

我理解的陶罐
都是清一色的黏土烧制品
有着不同的尺寸
一声“破烂来换”
饱含岁月的瓷音。那时候
所有的铁都在人们的体内
每个人都铁骨铮铮地
过着，经不起磕碰的日子

刻章

那个戴着放大镜的人
在玻璃柜台上将我放大
用一把刀子
把一块方正的石头
挖得曲曲折折
把我坚硬的骨头从石头里挖出来

把我摁进一片红土地
让我的骨头布满血
把我摁在一群密密麻麻的人群中间
他说你看，这个就是你

我仔细观察
这块代表着我的石头
怎么看都像一块墓碑
很奇妙，我手捧自己冰冷的墓碑
在人间行走

衣橱

按照习俗，父亲的衣服
一次不能烧得太多
多了就会累坏父亲的魂魄
母亲每次只取出适当的几件来
让我们拿去坟前烧了
尽管如此
冬天还没到
父亲的衣橱已经空了
可母亲依然保管着钥匙

母亲每把衣橱锁上一次
心就空下去一截
母亲不知道
我已悄悄留下了父亲的一件短袖
贴身穿了
空衣橱打开一次
我就把自己抱住一次
像一个橱柜，把自己锁紧

我在江边逗留的原因

每天，太阳从头到脚
都把天空摸索一遍
从天空的黑口袋里
掏出星星和月亮
雷电和乌云
从富人的口袋里
掏出穷人和民工
而天空从来一动不动
无动于衷
像一个无辜的公民

那些断线的风筝去哪儿了
那些失去消息的亲人去哪儿了
我在江边逗留片刻
用水流取下天空
用波澜把天空搅碎
我让天空翻江倒海
像一个晕船者
交出它深不可测的内心

和留守老人攀谈一会儿

我叫了三声大爷
他才不再坚持是他最小的儿子回来了
一个木匠，儿女们都像完工的家具
被租给了南方

他从窗洞里掏出闲置已久的锯子
锯子的经绳已经发霉
白茸茸的毛阻止了他
攥紧锯条的念头

他让我看他，唯一一次打工
被电锯锯断的两根手指时
眼睛放光
仿佛疼痛是多么让人幸福的事情

他一直面容慈祥得像一尊佛
可我毕竟不是香客
当我在一百米外再次回头
他已在五月的阳光里昏昏欲睡

空圈

几根木栅栏围成的口字形
沉默不语
羊儿蛰伏过的地方
所有的草，所有的草
起身跟随羊群一起上路
空圈布满密集的蹄印

一场雨后
新一茬的草
胡须一样钻出来
一片土地
因为收留过羊群，开始成熟
变得有话要说

再明亮的月光也是夜晚

父亲从泥土里扶起犁铧
用手擦去犁铧上黑色的泥
我看见月亮从天上跑下来
伏在父亲的右肩，跟随父亲回家
月亮安静得很，像个熟睡的孩子

站着打盹

在我身边等餐的兄弟
斜靠着墙
正在从世界上退出
还是正在拥有全部的世界
或者说这片刻的安宁
与世界无关
我不想打扰他
可他系统的提示音
说他有一份外卖
十分钟内即将超时

我拍醒他
如同惊扰了一只沙漠里的野兔

素日

还有什么比光更爱我们
所以世界就多了许多
阻挡光的物质

乌云，大雾，一堵墙
一座房屋

早晨，光伸出干净的手指
抚摸我的玻璃窗

一个人的爱被拒绝
却依然保持着明亮不容易

一滴水

一滴水摸黑夜行
打破低处的诅咒
成为叶尖的露珠
在阳光中纵身一跃

一滴水跃进田野
一滴水跃进池塘
一滴水跃进石头
一滴水用尽浑身之力

一滴水粉身碎骨
证明水的清白
一滴水进入眼睛
成为人间的子弹

梦魇

我一直无法判断
这喘息之声从何而来
脚步沉重，如一匹负重的马
而夜还在一点点延长
像爬不完的山坡

土地不断被征用
老父也像一头被卸下重负的老牛
他蹲在地头
如同卧在了一生的路口
一再回头

想念是一种幸福

想念是把叠好的衣服
一件一件放满衣橱

怀念是把衣服挂满房间
而衣橱是空的

钢性

我用的是钢钉
每一次敲打
它都能坚定地嵌入
并溅出血样的火花
现在它已经深入墙壁
将挎包牢牢地挂在了那儿
这让我倍感羞愧
看来，我远不如一颗钉子
在过去几十年的时光里
我也四处碰壁
然而至今
我仍是一个漂泊的人

老茧

我问过父亲，父亲说那是石头
为此我想了许多年
那些坚硬的石头
如何从父亲的身体里拱出来
又一块一块被父亲垒成了一座山

举杯邀月

水到了哪儿
哪儿就是河流
停在哪里
哪里就是湖泊
水经过了粮食
现在它停在我手心的酒杯里
我让它荡漾
让它翻江倒海
让它成为喉咙里的瀑布
身体里的江山

月亮像一块橡皮
不遗余力地擦拭
仍不能把天空
擦拭成一张白纸
那些星星嵌入的笔尖
即使把天空翻过来
仍然有凹凸不平的背面
何况人间

这样的夜晚
我不停地从水里取出火星
试图点燃一张稿纸
让一首诗
既有水的淡泊
又有火的激烈
要它们像篝火依偎小河
有蝉鸣，有飞蛾
和来来往往的乡亲
那时父母健在
乡音纯朴，那时的人
不醉不归

刷短视频

监控里，那条狗
扑向那个孩子的时候
四周没有一个人
我下意识地伸出手指
想把视频漆黑的边缘扩大
扩大到广场
那些跳舞的人
就可以看见那个孩子
可是我错了
画面越扩大
那个孩子就离我越近
那条恶犬在我的眼皮子底下
把孩子扑倒
恶犬也离我那么近
仿佛我就是它的主人

起风了

那一马平川的田野
田野里的碎石
碎石上的枕木
枕木上的铁。我想一次
就下一场雪
再想一次，又下一场雪
我对故乡的想念
一直不能让故乡进入春天

那年
绿皮火车一开走
母亲的心里有了铁轨
没日没夜地咔嚓咔嚓
三十多年后
当我再次向母亲描述高铁
悄无声息得像蹑手蹑脚的贼
而后嗖的一声时
母亲表现出一脸的茫然
就像风，又一次吹过当年的车站

脚面上的蚂蚁

小女孩收拢脚趾
以免太多的岔路
给蚂蚁带来困惑
童年的善良让人欣慰
时至今日
岁月早已磨光了我的耐心
和微不足道的悲悯
生活让我一遍遍挥起刀子
目露凶光，杀鸡宰羊

赤脚站在河滩上
身边小女孩的温柔被阳光镀金
在水面蔓延
云朵一步步退回天空
尽管黑夜要来时总是势不可挡
可身边人微小的善意
让我对黎明仍然满怀期盼

偶遇一只猫

一只瘦骨嶙峋的猫
像一件刚完成的雕刻作品
它一定饿坏了
才会对我发出低吟
以示警告
我无意打扰它
所以才远远抛出手里的垃圾袋
咚，垃圾入桶的声音
把我自己也吓了一跳
等我回过神来
那只猫不见了
只留下半个未啃完的鱼头
这多像我童年捡到的一个苹果
刚啃了一口就遇到了看园人
那一口苹果至今还卡在我的喉咙里

减速带

很多路口的减速带
只设在人行道上
每次经过这样的路口
那些助力车，自行车
三轮车和手推车
都会慢下来，再慢下来
把速度让给另一些更快的人

香烟

这些白天的火星
这些黑夜里的光亮
曾经被母亲一口一口
吸进一段漆黑的岁月
母亲瘦得如一捆干柴
每次母亲划燃火柴
我都担心她会把自己点燃

那时父亲正躺在医院的病床上
生死未卜
后来父亲从我的讲述里
猜测这是一种棉花和麦糠的混合物[1]
总是弥漫着一种呛人的气息
像母亲趴在灶台前，流着泪
把灶膛里的柴草吹出青烟

---

1 父母那辈人有时会用棉花、草屑等替代烟草。

路

我们承认夜是黑的
所以才发明了灯和火把
我们承认路
需要光明的指引
所以更多的人
选择在夜里睡觉
在白天走在路上
我问过盲人
怎么分辨白天和黑夜
他说白天暖和，夜里会冷
他还说白天身边会经过很多人
我让他领着我在路上走一段
我闭着眼睛
心里还是害怕
我缩回手
怕把战栗传导给他
让他误以为我很冷
熄灭他内心的光明

初冬还不是返乡的季节

初冬，多么美好
一切枯萎都恰到好处
树木瘦去叶子
河流瘦去抒情

一群蚂蚁队形简单
方向一致
它们瘦去骨头和血

我在黄昏逗留片刻
瘦去多余的乡愁。竖起衣领
把手机从左手换到右手
那里有来自留守女儿的未接电话

初冬，不适合想念
落日轻勾手指，把影子拉长
几粒鸟鸣，压低异乡

最后一头耕牛

最后一头水牛
被从池塘牵出时
正值壮年
一对弯角轻易就把太阳
从地平线里挑出
顺便把天空划出伤口
那天
水牛的犁铧被铁牛替代

那天，一个五口之家
从生产队队部
分到了半碗生牛肉
许多年了
每当黎明现出霞光
我都会看见两行潮湿的蹄印
和一次含泪的回眸

影子

我想，这一生
一定是别无选择
我的影子
才会和我形影不离

如果允许
它应该一路向东
应该有一条
一直光明的路

它不应该有黄昏
当父亲的影子覆盖我
它就不会蹲下来
躲进我的身体
如果不是别无选择
它也不会模仿父亲
成为村庄
照不亮的那部分

一缺三

像桌子的一截边框
椅子的一条腿
火苗还在燃烧
饭菜尚未出锅
该来的人也没有来
此刻，一切都是未知
就像她手里的一根方木
是投进炉灶
化身一缕火焰
还是重新转身
成为被修复的家具

火焰的红踩着她的胸膛和脸
不断跳上天空
变成炫目晚霞
天空为什么是圆的
这让一个伫立在大地边缘的人
愈加难像一件家具
缺损的那部分

骚扰电话

每天都会收到大量来电
房产，贷款，保险，汽车
优惠，扶持，贴息
个个热情洋溢，嘘寒问暖
仿佛到处都是有钱人
仿佛世间所有的爱
都涌了过来。仿佛穷人
的确，不够用了

火车穿过村庄

一列火车从远处赶来
又向远方奔去
像一位慌张的母亲
打着手电，叫喊了一声

许多年以后
我在阳台小声应答
日子仍像一列绿皮火车
在深夜过去了一节，还有一节

麦子熟了

1）

布谷鸟也进了城
一声接一声地召集
麦子熟了，麦子熟了
它是如此焦急
从一个小区赶往另一个小区
我还来不及穿好一双鞋子
它已经不见了踪影
以至于我只能从阳台推开窗
抬头看了看天空
苍茫而辽远

2）

老家人，总把麦收叫作麦口
的确，麦子是有口的
一张口就吞没了一个人
再张口又吞没了一个人
几十年，父母在麦口里拔芽
拔掉自己的黑发换成白发

拔掉自己的青年换老年
我曾那么惬意地躺在麦子的舌头上
以为温柔才是柔软的故乡

3）
为了不让父亲过于疲惫
我们后来把麦田都栽了银杏树
我们把镰刀都卖了废铁
把磨石扔掉
我们丢下安逸的生活给父亲
我们以为
布谷鸟再次鸣叫的时候
父亲正在摇椅上喝茶
可母亲打来电话
父亲在麦地里
被银杏树横出的树杈绊倒
摔伤了肋骨

4）

其实，我的余生里始终有一片麦地
一直金黄，如漫无边际的黄沙
父亲曾用一生的时间在沙里淘金
最后只淘了一捧黄土
当我把白晃晃的馒头供奉给父亲
才发现覆盖父亲的坟
只是一个巨大的窝头
父亲把一生的细粮留给了我们
和他曾经热爱的人间

阳光之手

我的影子
像是被阳光之手用力
从身体里攥出来的
以至于在我的脚下
形成一圈可移动的湿地
而我头顶兄弟的影子
则从三楼的脚手架上
沿着砖墙流淌了下来

正午，所有的事物
都在收缩自己的影子
以便保证，傍晚
有足够的水分和弹性
唯有我脚手架上的兄弟
一个一个
把影子从身体里抽取出来
拽得那么长

他们的脸模糊不清

他们橘黄色的安全帽闪着光
他们在脚手架上走动
就像一把把倒悬的剑

阵雨突袭

一个外卖小哥
在雨水里穿行
天蓝色的外卖装像一小片晴空
一小片晴空在雨水里穿行
像一段镜头被不断地打着马赛克
而雨水是徒劳的
蓝色的工装越湿
天空就越明亮
澄明的天空贴在他的肋巴上
就像贴在大地起伏的山脉上
阵雨突袭
一个外卖小哥和我并肩骑行
让我感觉雨衣是多余的
雨水不停地拍打雨衣
像什么人不停地叫门

黄河

母亲在屋子里扭动
她相信四大娘的偏方
能治好她的腰伤
母亲扶着墙扭动上肢
土坯墙上煤油灯熏黑的地方
被来来回回画出了几条曲折的黄线
如同一幅黄河的简笔画
母亲就像岸边的一棵树
在风中反复摇摆
想要把黄河摇醒
摇出八千里澎湃

棉花

这些低到人间的白云
在四野漆黑的煤油灯下
听从于母亲的召集
依次进入我的棉袄
棉裤，棉鞋。直到我穿上它们
像一道人间的闪电
把天空举高

爬树的小孩

前不久的纸张
刚在烈火中涅槃
化作坟前的纸蝴蝶
灵魂在时空里
开出花朵。孩子
你跪在一堆新土前哭泣
纸蝴蝶不停地落在
幼小的肩膀
我是多么地担心

每一棵树都有自己的伤疤
风雪，雷雨，闪电
就像每个人都有躲不开的过往
孩子
没有人能高于自己
树木也是
就算爬树也不能
阳光只能用刀子
把影子从你的身体里剥离

把大地涂黑

却不能让你因此透明

老照片

当天空垂下雨丝
如一个人的披头散发
我的想念，就如木梳
纤细的篦齿。三十多年了
仍没有一根橡皮筋
能把这满天的青丝
束成一个人的马尾

日子总是不停地褪色
不停地把生活做旧
谁还在举着细碎的野花
站在桥头，向着流水抒情
谁还像一只奔跑的小兽
带着渴望和欣喜
谁还在青春的四角画蝴蝶

如今，我已关节劳损
并伴有风湿
如同那些定格的画面

在一张纸的边缘翻卷
每次展平
都像在连绵的阴雨里
活动我的半月板

床前明月光

月亮有时会亮得莫名其妙
此前，我并未察觉
当我置身于今夜的月光之外
像一个旁观者，突然找不到赞美之词

有的人在故乡，有的人在异乡
有的人在路上，有人在用手机传递着月亮
今晚的月亮，左手有刀子，右手有玫瑰
有的用来断肠，有的用来回肠

我站在父亲生前的房间里
月光一直往下薅着我的头发
原来所有的想念都是有重量的
从前压弯着一个人，现在压弯另一个人

梦游者

银杏替代了稻穗
秋风替代了镰刀
田野上站着白色的鸟
跨过村庄的云朵加大步伐
双手托腮的男人
胡子和手背形成的反差
让他的泪水
像一场无端的天气
新修的公路边
竖立着一个个警车的模型
多像稻田里
竖立着的稻草人
高速路太快，只够一个回头
就把我的村庄
变成一群移动的黑影
一群无处着落的麻雀

七夕遐想

我在苦思，从那么多词语里
要给七夕找一些恰当的比喻
就像在修理铺
从一大堆破铜烂铁里
给电瓶车刹车线上的螺栓
搭配一只恰当的螺帽
很长时间过去了
除了指头的黝黑
和碎铁叮叮当当的声音
我仍然没有给这个节日
搭配到恰当的形容词
送外卖以来
各种责备，刁难，呵斥和罚单
我遭遇过的白眼
越来越像星星在夜里熠熠发光
好评，点赞，握手和微笑在另一面
越来越接近一条天河
好像只要喜鹊的一声召唤
我就双肩能挑起儿女，赤脚走过夜空

拾柴记

一棵树死在了冬天
而它仍然站立着
和其他落光了叶子的树站在一起
每天凌晨
我都会去这棵树下
捡去它夜里掉落的枯枝
以便保证它和其他的树
没什么不同

那年冬天，我接受着一棵树的馈赠
和树林一起保守着一棵树的死讯
直到开春
林管员砍走了那棵树
我在那棵树的树墩上哭了一场
傍晚，我蹲在墙角
看着母亲把最后几根树枝塞进灶膛
看着它用火苗
忽明忽暗地映照着母亲
仿佛晃动的树荫

深夜记忆

每次，母亲被家暴
就会在夜晚去漆黑的田野呆坐
那时，父亲从不会寻找母亲
也许是知道
自小就是孤儿的母亲
不会走远
而母亲的确
只是在田野默默地坐着
有时坐很久
有时只坐一会儿
然后就会起身
默默往回走
那时候，田野黑得彻底
只有我，亦步亦趋地跟着母亲
像是母亲在黑夜里
割不掉的影子

一片野芦苇

白茫茫的
像一块独自离群的白云
和远空的白云
遥相呼应
在风中，频频挥手

一片野芦苇
在风中不断凋零
让我两眼噙满泪水
现在是春天
万物都在忙于生长

春天是岁月的加速度
一片野芦苇却让我慢下来
慢到须发皆白
像一个雪人
等待季节的确认和融化

消失的祖父

据说祖父
逃荒消失过
战乱消失过
祖父生前
大部分时光都在消失

后来
我们去迁祖父的坟
只挖出几枚生锈的铁钉
和一盆潮湿的泥
我们的祖父
无端消失了

刀

每年的草都是新的
一场秋风就全部变旧
这些坟头的茅草
每一片叶子都像匕首
过了秋天就成了老刀
刀老了
习惯了卷刃和断裂
它们曾经
一茬一茬都和父母对峙
现在覆盖着父母
成为父母的偏旁部首
使父母一生的钢铁
都失去了刃口
让我每一次跪拜
都像在弯腰磨一把刀

镜子

你总是从反方向走来
或者向反方向离开
这一生，人间美好
而你一直处在我的对立面

当我渴望阳光明媚
有人正渴望一场雨
当我想念一场雪
有人正想念月亮和星斗
好日子过得飞快
苦日子也撑不住熬
为了等你。我准备了足够的光线
和破碎的内心

如果人间如我所愿
那一定是糟糕的
但愿余生如你所愿，而我
正好活成了你想要的样子

杀羊

杀羊人手臂粗壮
皮肤黝黑
但他嘴角的笑意
暴露了他内心里的白雪
一只拴着的羊，无辜如同白纸

一卷白纸
就要倒出全部的血和呐喊了
手托盆钵的人已在自觉排队
每个人都美好如同除夕
空气里弥散着一股羊膻的气味
天下太平时
每只羊都是有罪的

石台上的老人

三次经过同一个村口
都看见那个
坐在石台上的老人
随着我转动头颅
目迎我靠近
目送我离开
生活从不缺迎来送往
而这位坐在屋檐下的老人
却让我萌发屈膝之心
想让他俯视
让他抚摸
让他擦去我满身锈迹
让我像一把闪光的铁锹
插在新鲜的春泥里

娘

岁月把一部长篇连续剧
浓缩成一首诗
把一首诗浓缩成标题
把标题浓缩成一个字
把一个字浓缩成一根针
我喊一声娘
就心疼一下。再喊一声娘
就想动用丝线
缝补千疮百孔的过往
我一声一声地喊娘
就像娘用针把灯花挑了一下
又挑了一下。然后
天就亮了

故乡的叮嘱

车辆缓缓而行，好似一只只甲虫
雨刮器来回晃动触须
到处都是积水
都把一切变得摇曳不定
如同儿时玩过的一场浩大的折纸游戏

但铁质的天空依然不依不饶
不停地撕裂闪电，不停地倒水
雨水落下来，仿佛施工现场
密集地钉着钉子。再多的钉子
也不能把我钉在红尘的十字架

我有一份份滚烫的外卖
保持着人间的温度
我有质地优良的外卖头盔
和雨衣。所有的雨水打下来
都会细碎如同耳语，如同故乡反复的叮嘱

等餐

出餐之前
有一段时间属于诗歌
仿佛外卖里的调料
有时偏咸，有时偏辣
有时文火慢熬
有时猛火爆炒
这些年，我已习惯了
一份份戛然而止的作品
仿佛外卖被取消订单

拐角处

看上去
一颗星星并不比蚂蚁大
但星星发着光
月亮并不比饭碗大
但月亮发着光
我发现发光的事物离我们很远
一个蹲在墙角打盹的人
像一小块遗落的黑夜
他天蓝色的外卖工作装
又像一处明净的湖面
一个倒映着黑夜的人
离我很近
此时外面繁星满天
他的鼾声里有隐约的雷
外卖箱在他怀里搂得很紧
就像一块巨大的橡皮
很显然，当他醒来
一切就会擦得干干净净
一切就都是全新的一天

稻草人

庄稼生长的土地
现在生长着钢筋和水泥
满地散乱的砖头
更像是荒芜，现在是五月
稻草人应该站在田野
土地被征后
父亲仍固执地保留了农民的习惯
时而手搭凉棚
时而往手心啐口唾沫
其实父亲已老得瑟瑟而抖了
草帽泛黑的边缘让他更像稻草人

这样的假设有欠妥之处
父亲苦大仇深的样子，的确把
一地的砖头，当成了一生的荒草
他弯腰直腰都像在做最后铲除
有人在喊：嗨，老头。嗨，那个老头

看石匠雕刻英雄

一手钢钎，一手铁锤
从山里抠出石头
从石头里抠出羔羊和狮子
抠出凶徒和菩萨
抠出凶徒让他下跪
抠出菩萨给她磕头

为了理解石头
我爬过无数山峰
为了理解石匠
我来到烈士陵园
一群侠肝义胆的人
在此聚义。很多年了
我一直错把凉山当梁山

岁月原谅了我的无知
和童真。我开始相信
命运让英雄们死去
不是说上苍的心肠有多硬

而是菩萨动了恻隐之心
安排他们一个个进入石头
再安排给他们一个石匠

人间最好的石匠
从不挥舞手里的利器
而是让锤子和凿子轻轻耳语
把一个人从石头里喊出来
站在墓前，一遍遍擦洗
自己的墓碑

羊

我仔细观察过村庄里的羊
每只都有一双水汪汪的眼睛
仿佛一个心怀悲悯之人满含泪水
但我从未见到一只羊真的痛哭流涕
就算被摁住宰杀时
连它一声接一声的哀号
都软绵绵的
如同天堂里的祷告

当我老了

如果我老了
头发最好全白，不是花白
胡子长一点向前长，像阿凡提
我不养鸟
养两只鸡，一黑一白
我用小铲子挖出一条小虫
两只鸡抢着吃

如果儿子或女儿不养老
我就坐在一把老槐木椅子上一直笑
笑到他（她）心里发毛
我会护着我的孙子或孙女
用我的拐杖把儿子的头敲出大包

我和老伴都很硬朗
或者一个差点
一个搀着另一个
在一条长满歪脖子树的小路上散步
一群孩子跑过来叫爷爷奶奶好

一个吸着鼻涕的男孩
把啃剩的苹果核塞进我西装的口袋里

每天晚上我都要在灯下写一首诗
然后倒扣在桌子上

抖书

每次读完一本书
我都习惯了把书立起来
抖一抖，再放回书架
就像父亲生前
每次从田里回来
都会抖一抖口袋
有时抖出泥土，沙子
有时抖出草籽，麦粒
有时抖出野果，草根
还有一次抖出一只蜗牛
被我母亲捡起来
放在那面矮墙的裂缝里

农村的房子已越盖越高

从阳台看下去
娇嫩的树叶张开掌纹
承受着来自枝干
和大地的压力

在风中，叶子们相互依偎
摇摇晃晃。这分明是一群孩子啊
却要在秋天
一寸一寸褪去青涩，支撑大地
傍晚，一列子弹头列车
穿村而过
我坐在靠窗的座位上
像一小撮火药，带着隐约的危险

天马行空

五岁的外孙女指着天空喊
姥爷，马。姥爷，马
一块灰白色的云
的确很像马
几十年来
我对指鹿为马的事情
早已不屑一顾
但对于外孙女的指云为马
还是深以为然
我甚至把大半个天空的乌云
描绘成了草原

后来
外孙女和我都很安静
外孙女在等
风吹草低
现出吃草的羊群
我在等一个孩子
慢慢长大

取直

当刚直不阿
碰壁之后的弯曲
定型成一种铁
再坚硬的骨头
都会被不屑一顾
把弯钉子取直
就要再次承受敲击之痛
就要原谅
当初的进取之心

一个民工
在一堆旧木头里
把一根又一根弯曲的钉子
从木头里拔出来，取直
如同从工地的阴凉处
找到那些疲惫的民工
重新喊醒他们

地球引力

1）

太阳就要落山了

沂河的水拉不住它

河滩地的庄稼也拉不住它

小孩子一口气跑到河堤上

指着远方喊

娘，你看

太阳藏在了草垛底下

那时候我以为

找到了太阳

母亲就再也不用

扛着锄头，摸黑回家

2）

有人为

一根细丝悬挂的蜘蛛

失声惊呼

那是因为

没有看过
细绳悬挂的命

从前我像秋千上的蜘蛛
后来我是细绳上的民工

穿过铁路去工地

一列火车穿过时
阳光通过车厢的连接处
切割成块状体
我们在路基下抬头
被一块一块的影子
撞出咣当咣当的金属音

每一个工地，都有一群
裹满泥巴和铁锈的人
像草一样落地生长
又能从季节里取出铁来
火车过后
我们继续穿过铁路去工地
跨过一节节枕木时
携带的工具叮叮当当
让我们像另一列火车正在通行

献诗

河流是水，雨雪也是水
这是我热爱人间的一个理由
朝霞是光，烛火也是光
这是我热爱人间的又一个理由

在人间，万物是慈悲的
阳光和向日葵，露水和小草
一场天气和两行热泪
都怀着同样的恩情

我确信，梦是生命的一部分
梦想更是。为了寻找
我们有时提着星月
有时提着风雪
有时提着，一颗心

我确信，从未如此
像现在这样，离得更近
一道道阳光穿过云层

和树林，在大地
写下一行行闪光的诗歌

竹子或扁担

竹子的骨气
是因为，心是空的
一个了无牵挂的人
很容易活出一身正气
而扁担则不同
作为竹子的一部分
需要承担生活的压力
一路吱吱扭扭
全是琐碎的唠叨和叮嘱

不是我矫情
总想起过世多年的母亲
曾经的孤儿
一身正气的铁姑娘
后来因为挑着我们
被生活劈成
三片四片的样子

寂静

关上窗
这一刻的寂静让人心动
像流水里
躲进一块石头内部的鱼
推开窗
城市的喧嚣水流一样涌进来
到处都在咕嘟咕嘟冒泡
在这个阳光明媚的午后
反复开窗关窗
直到我被流水灌满
走到大街上
像一个湿漉漉的少年
那年我九岁
趾高气扬地走在回家的路上
我以为一条鱼
就能救活一个营养不良的时代

如果生活

就差那么一点点
如同一只弹性不佳的皮球
而世界这么大
空气这么多

就差那么一点点
就是我要的样子了
当然我也有错
我不该过于追求生活的弹性

也许生活原本就是这个样子
一只漏了气的皮球更便于携带
我们才会为了一口气
努力地活着

春天

我对四季常青的植物
一直心存芥蒂
而愿意把落叶乔木认作亲人
一次次在冬天为它们提心吊胆
当打工的人群在城市
大面积弥散开来，一年一年
和春天形成呼应
我都不能遏制发芽的欲望

的确是这样，我时常
万念俱灰。也时常死灰复燃
生活给了我多少积雪
我就能遇到多少个春天

刮脸

理发师用一块热毛巾
捂住我的嘴巴
然后在一块布上磨刀
我感觉自己
是一只羔羊
他不允许，从他手下脱身的人
还留有口齿之外的物体
哪怕是一根胡须

而我，从他磨刀开始
就选择了信任
人与人之间总是这样
太多的时候
我们因为信任变得干净、得体
容光焕发

绵绵细雨

我相信是星星的眼泪
太阳和月亮的悲伤没有那么少
这些天上的事物
只有星星繁密，如同天下百姓
悲伤悄无声息

棉花

母亲一走进棉花地
积雪就融化到半山腰
那时候真好。现在
一朵棉花压低着母亲
群峰绵延，大地回暖

风吹草动

风一吹，草就动
左右摇摆，软弱无骨
随波逐流的样子
等到了秋后
才会发现
每一根草都梗起了脖子
一直没有离开
最初的土地
风再吹，还动
却多了金戈铁马的声音

沉默

是早晨大雾的沉默
是中午树荫的沉默
是傍晚烟斗的沉默

是镰刀，是锄头
是一种铁
慢慢生锈的沉默

故乡的沉默
此前是父亲
此后是，因为父亲

抽烟的男人

一个男人
点燃了自己的引信
他皮肤黝黑
太阳晒出了他
身体里的铁
他蹲在一堆乱砖上
接了一个电话
儿子不愿意读书
要出来和他一起搬砖
这让他的身体
一瞬间塞满了炸药

他一根接一根地吸烟
直到露水把他变湿

一滴露水

一场露水带着阳光的光芒
让百草鲜嫩
也喂养着低头吃草的牛羊

一滴露水却能禁锢一只蚂蚁
我看见水滴的边缘薄而透明
和一只蚂蚁的左冲右突

每次想到故乡
还有蝼蚁一样命运的亲人
我就不会让眼泪掉下来

我在这人间走走停停
噙着眼泪，就像噙着两个标点
试图改变村庄的读音

飘忽不定的故乡

我爱这些陈旧的院落
迟缓的木门
犹豫的门缝
和这沧桑的白头与皱纹
我愿意用双手把外卖捧给他们
并微微躬身
就像从厨房走近饭桌
我爱这飘忽不定的村庄

我的父母都不在人间了
尽管我有秋水一样的悲伤
但我仍然热爱这生命之船
爱她的淡泊，也爱她的荡漾
我用笑容面对这一切
面对孩子们电话里的祝福
对于他们
我正在成为崭新的故乡

老花眼镜

你们把老花眼镜
反复摘掉又戴上的动作
像极了我反复擦去眼角的泪水

这一生，总有太多的事
让我回味和珍惜
让我一提起就想泪流成河

而那些被擦去的眼泪
只留下一些模糊的泪痕
就像河流，流着流着就消失了

大地上，太多的河流
都曾经如此努力
最终没有抵达大海

我的池塘尚且清澈
常以鱼虾为借口，对于故乡
我还欠一次痛哭失声

劈柴

真的
我活不成一棵树
这一生，除了斧子
我再无枝杈，报答春天

我能为死去的树做到的
就是不停地挥斧
把一堆无用的旧方木
劈成有用之柴

我没有奢望
一把斧子就能拯救春天
只是不断地把柴码放整齐
等它说出火焰的秘密

庄稼地

有人在庄稼地匍匐前行
像一只波浪里的鸟
拼命地振翅
这是我远眺造成的错觉
很多时候经常这样
浪涛一阵阵捕杀过来
落水的人大力呼救
却发不出声音
我的父亲
也曾在田间下跪
他把身体折下一截
让自己更矮
如同被风折断的庄稼

我一直无法揣测
那些断过头的庄稼
从伤痕里重新发芽
要承受多大的痛楚
是否也像我的父亲

每次起身都要咬紧牙关

眉头紧锁

锁紧命里的泥土和水分

火焰

所有的火焰
在没有燃烧之前
都木讷寡言
听说，每一块煤
被背出矿井时
都是沉默的石头
每一个背着石头的人
都咬紧牙关

当年，我患有肺病的矿工堂哥
临终时浑身发软
如同箩筐的背带
没有交出暗藏的石头
只吐出一口褐色的血
像火苗的引子
以至于我守寡的堂嫂
和我未成年的侄儿
只能靠落叶
度过一个个冬天

而那些枯叶
在没有变成火焰之前
一直哗啦哗啦喧嚣不止
只有枯叶的童言无忌
和堂嫂的自言自语
形成呼应
才让我确信火焰
其实也有喋喋不休的前生
也有被紧紧拥抱过的童年

何为远方

送完乡下的外卖单
在一段没有路灯的小路上
遇到一个衣衫褴褛的流浪者
他的影子被我的车灯
照耀成黑夜唯一的舞台

不是我突发善念
的确是对视的一瞬
他荒野般的潦草触动了我
我想捎带他一程
但被谢绝
他合十的双手和微弓的身体
倒让我觉得
自己才是需要被带上一程的人

把一个没有终点的人捎上一程
并不能缩短他迷宫般的路程
可我又能把他放到哪儿
倒是这一段漆黑的夜更属于他

让他像一个真正的王者
或者是一颗黑暗的种子

底色

秋分之后，风自带剃刀
不断剥离树木的水彩
裸露出暗淡的枝条
树影斑驳
如同秋天肺部的底片
呈扩散后的纤维状
咳嗽也就日益严重
像我的堂叔

鸟迁徙了
树仍用空枝握紧鸟巢
如同后秋
不可溶解的结石和肿瘤
堂弟在电话里呼啸的哭声
是来自西伯利亚的风
不断把我枝繁叶茂的想法
从异乡剥离
回来吧，堂弟说
父亲想见上亲人们最后一面

一件往事

我不该挖掘
应该让它保持原来的样子
那么丰润，那么美
那么富有弹性
我不该受古董商的诱惑
虚抬它存在的价值
我是多么地痛心
一件往事就这样被氧化
迅速地干瘪了

梦

喜欢做梦
喜欢这些突如其来
不规则的人生
这些虚无裹挟着的真切
才是真正的如梦人生

越来越痴迷于
噩梦醒来时的心悸
美梦裹挟着的甜蜜
以及和故去的人
在梦里重温旧梦

喜欢做梦
也喜欢梦醒后的翻身坐起
如同命运的突然转折
生命之手，又一次收起
时间的软梯

天命之年

五十岁之后
视力逐渐下降
每次读书
要么借助眼镜
要么借助电子产品
把字体放大
从文字里读到的欢愉，笑容
痛苦和哭声也被放大

这让我平静的内心溅起波澜
像一条河流出现溃坝
涣散，分支分流
不断渗入沿途的黄土
沙滩，村庄
成为杂草丛生的必要元素

木耳

我说不清，这些木耳
是遗愿，还是木头最后的花朵
它已经老得开不出花了
外面下着雨
这个老年绿化工还在修剪着草坪
割草机的嗡鸣声像一万只蜜蜂
一万只蜜蜂围着一树木耳嗡鸣
试图从一棵树的余生里采出蜜来
水花四溅，水花也是花吗
比起从前，我们的生活
已经添加了太多糖分
如果这些蜜蜂可以从水花里
采出蜜来
我相信，那棵枯树下的木耳
被老人采摘时
一定满含蜂蜜的糖分
和这人间小小的毒

取暖

太阳每天都要把王庄村晒一遍
晒得暖烘烘的。每天都有
在草堆旁朝南打坐的老人们
也暖烘烘的

我亲眼看见四大爷
在火葬场朝南的灶膛里轰轰地燃烧
太阳晒去了他生命的水分
像一捆干草

现在太阳继续晒着他的墓碑
和一堆埋他的土
偶尔也把回乡上坟的
堂哥，晒得暖烘烘的

墓地的蚁穴

坟头上的花朵
早我们一步开放
那么惊讶的一丛
在高处，频频点头

我把这些年的人间情事
简要地说给奶奶
年幼的儿子则在一边
啃着面包

一群蚂蚁匆匆忙忙
把一地散落的面包屑
——这些细微的人间烟火
搬进墓穴

全文终

王计兵

诗人，杂货铺老板，外卖员。

生于 1969 年，江苏邳州王庄村人。初中辍学。

20 世纪 90 年代开始文学创作，随后辗转各地打工。

曾获第七届徐志摩微诗大赛三等奖和第二届国际微诗大赛“金写手奖”。已出版诗集《赶时间的人：一个外卖员的诗》。

我笨拙地爱着这个世界

作者 _ 王计兵

产品经理 _ 张睿汐　　装帧设计 _ 肖雯

技术编辑 _ 顾逸飞　　责任印制 _ 刘淼　　出品人 _ 贺彦军

果麦

www.guomai.cc

以 微 小 的 力 量 推 动 文 明

图书在版编目（CIP）数据

我笨拙地爱着这个世界 / 王计兵著 . -- 南京 : 江苏凤凰文艺出版社 , 2023.4
ISBN 978-7-5594-7632-6

Ⅰ . ①我… Ⅱ . ①王… Ⅲ . ①诗集 - 中国 - 当代
Ⅳ . ① I227

中国国家版本馆 CIP 数据核字 (2023) 第 047856 号

我笨拙地爱着这个世界

王计兵 著

出 版 人	张在健
责任编辑	白　涵
特约编辑	张睿汐
出版发行	江苏凤凰文艺出版社
	南京市中央路 165 号，邮编：210009
网　址	http://www.jswenyi.com
印　刷	北京盛通印刷股份有限公司
开　本	1092 毫米 × 787 毫米　1/32
印　张	5
字　数	130 千字
版　次	2023 年 4 月第 1 版
印　次	2023 年 4 月第 1 次印刷
印　数	1 — 13, 000
书　号	ISBN 978-7-5594-7632-6
定　价	45.00 元
